지상의 말들

시작시인선 0414 지상의 말들

1판 1쇄 펴낸날 2022년 3월 7일
1판 2쇄 펴낸날 2024년 1월 3일
지은이 김완
펴낸이 이재무
기획위원 김춘식, 유성호, 이형권, 임지연, 홍용희
책임편집 박찬세
편집디자인 민성돈, 장덕진
펴낸곳 (주)천년의시작
등록번호 제301-2012-033호
등록일자 2006년 1월 10일
주소 (03132) 서울시 종로구 삼일대로32길 36 운현신화타워 502호
전화 02-723-8668
팩스 02-723-8630
블로그 blog.naver.com/poemsijak
이메일 poemsijak@hanmail.net

ⓒ 김완, 2022, printed in Seoul, Korea

ISBN 978-89-6021-619-8 04810
    978-89-6021-069-1 04810(세트)

값 11,000원

지상의 말들

김완

천년의 시작

시인의 말

　말들이 넘치는 세상에 살고 있습니다. 탐욕스러운 말들이 세상을 어지럽게 합니다. 다양한 생각의 차이들이 뒤섞여 더불어 사는 것이 삶인데, 저마다 자기 말만 정의라고 외칩니다. 사진 한 장을 오래 들여다봅니다. '지상에는 영원한 것도 없고, 인생에서 찬란하지 않은 순간도 없다'라는 생각이 듭니다. 말보다 말 없음이 큰 울림을 주기도 합니다. 오지 않는 말들을 기다리며 서성이는 순간은 고통스럽지만 살아 있는 시간입니다.

2021년 봄, 송화마을에서
김완

차 례

시인의 말

제1부 언 땅이 풀릴 때

언 땅이 풀릴 때

덕산골 편백나무는
홰친홰친 우듬지를 흔들어 운다
언 땅이 풀릴 때 땅은 제 몸에 박힌
얼음을 깨뜨리고 몸 공양한다
등 굽은 농부의 곡괭이가
채마밭 고랑을 돋우고
참새들 수다는 시작된다
언 땅이 풀릴 때 터지는 속울음이면
남북 관계도 스르르,
설핏 희망을 품어도 되는가
바람은 아직 차지만 여린 햇살에
너덜겅 바위들도 쌓인 눈을 털어 낸다
서리서리 너와 나의 가슴에도
오래 참은 봄, 기꺼이 불러낼 수 있겠다

봄, 무덤

겨우내 사람 구경하기 어려운 외진 산길
무너져 내리는 늙은 무덤 한 기 서 있다
그늘 사이로 을씨년스러운 바람만 드나드는 곳
때가 된 봄은 어김없이 찾아와 무덤가에도
동백꽃 피고, 산벚꽃 분분분 흩날린다
무등산 토끼등 올라가던 청춘 남녀
무덤을 바라보고 앉아 봄을 마시고 있다
청춘은 아무런 장식 없이도 저리 빛나는데
쓸쓸한 무덤은 언제부터 허물어져 갔을까
쉬지 않고 앞만 보고 달려간 세월
그 많던 사람들은 모두 어디로 갔나
마을 느티나무 아래 평상에 둘러앉아
가난의 껍질 벗겨 먹어도 맛 좋던 감자
하하 호호 풍경은 엊그제 일인 듯 생생한데
흙 한 줌 부스스 흘러내린다
한 세상 건너 꽃이 지고 바람 부는 봄이다

징검다리

죽어야 겨우 그 죽음만큼의 다리가 생긴다

다짐은 스스로에게 놓은 징검다리 같은 것

다짐이 희미해질 즈음 가슴속에 품은 돌덩이

하나씩 내려놓고 딛고 가는 게 인생인지 모른다

놓은 돌들이 하늘로 날아 올라가고 되돌아온다

걷고 또 걸어 도착한 곧고 외로운 자신만의 길

거짓말처럼 생은 한순간 사라져 버릴지도 모른다

뿌리의 힘

오랜 세월을 이겨 낸 뿌리는 거대하다
돌 틈으로 스며들어 돌과 더불어
단단하게 붙어 버린 뿌리들 무등산
꼬막재 오르는 길을 수맥처럼 흐르고 있는
어떤 뿌리들은 땅 위로 솟구쳐 나와
숱한 역경의 시간을 무심하게 건너온
그들의 생을 적나라하게 보여 주기도 한다
편백나무 숲 그늘 속에 들어서면
시원한 바람이 인간의 번뇌를 씻어 준다
이미 부처가 된 편백나무 숲의 나무들이
어리석은 이에게 해탈의 모습을 보여 준다
시간의 기억이 저장된 목소리는 쉬이
들을 수 없다 수만 개의 무성한 나뭇잎들이
세월을 기억하는 나무의 눈이다 그들은
한 해 동안 살면서 본 것들을 뿌리에 저장하고
이듬해에 나올 잎들에게 역사를 이어 준다
오래된 나무는 천수를 누린 노인의 얼굴이다
그를 버티게 한 것은 뿌리의 힘이었을 거야

시인들의 술상

시인들의 술상이 너무 고급이다
지나치게 사치스러운 안주에서는
기름지고 뚱뚱한 시가 나오기 마련
한 그릇 국밥에 맑은 영혼을 말아
깍두기 한 접시 된장에 찍어 먹는
양파, 매운 고추면 만족해야 하리
피와 땀과 눈물에 경배하며
세상에 길들여지지 않은 정신으로
푸른 하늘의 자유를 노래해야 하리
이 세상의 온갖 상처를 안주 삼아
막걸리 한 병 소주 한 병이면 족해야 하리
지상의 낮고 어두운 곳까지 내려가
아물지 않는 상처에서 희망의 꽃
다시 피울 그날까지 기다려야 하리
선악의 경계가 무너진 시대일수록
허기가 정신을 맑게 한다는 말
온몸에, 뜨거운 가슴에 새겨야 하리

낯선 새벽

사흘 밤을 자고 떠나는 새벽이다
커튼을 젖히니 시린 하늘에 걸린
반달이 나를 물끄러미 내려다본다
먼 산의 능선에 잔설이 쌓여 있다
도심에 흩어져 있는 여행자 숙소에는
일찍 깬 영혼들 서성이며 뒤척인다
밤새 욕망의 날 선 단면들
주섬주섬 수습하니 하룻밤이 겨우 지나간다
길을 잃어야 새로운 길을 만나는 것
오고 가는 계절도 신호등이 있는가
비상등을 켜고 봄이 환하게 웃는다
겨울과 봄 사이 결박된 도시에서
새벽하늘 반달이 내게 말한다
속절없는 시절을 이기고 살아남을
지상의 시간 우직하게 건너가라 한다

칠월

칠월은 녹색 혁명 중이다 체 게바라가 즐겨 쓴 모자를 좋아하는 어느 전사와 산을 오른다 칡넝쿨이 산길을 온통 가로막는다 지독한 가뭄에도 더러 살아남은 개망초, 창백한 얼굴로 혁명의 대장정에 겨우 손 흔든다 큰까치수염꽃은 칡넝쿨의 진격에 속수무책 지고 있다 습도 높은 민중의 숲이 숨을 턱턱 막히게 한다 모든 것을 바꾸고 뜯어고치는 이 길이 어디 만만한 게 있겠는가

진군의 시작부터 어젯밤 비로 질척거리는 길, 험하기 그지없다 더러는 자진 산화하여 혁명의 군불이 되는 나무들도 있다 더러는 혁명의 스트레스를 견디지 못하고 뿌리째 넘어져 가는 길을 가로막기도 한다 자연적인 고사를 떠올린다 약육강식, 혁명의 숲에서도 살기 위한 치열한 전략과 전술이 필요하다 고도가 높아지자 숲이 가벼워지고 숨 쉬기가 편해진다 고지가 바로 저기다

고독한 혁명의 뒷모습은 타인의 시선에 의해서만 보인다 살기 위해서 죽어야 한다 죽어서 사는 숲과 멈출 줄 모르는 인간의 욕망들, 수상한 말들이 부패하여 공기 중에 떠돈다 오염된 지상의 날들이 흘러간다 시간을 초월하는 시간의 모래, 그곳에 갈 수 있다면 녹색 혁명은 완성되리라

슬픔에 대하여
— 오성인 시인에게

쉽게 변하는 슬픔은 슬픔이 아니네
민들레 꽃씨처럼 날아갈 수 있는
슬픔은 슬픔이 아니네 슬픔은
몸 안에서 시나브로 육화되는 것이네

배울수록 상상력은 줄어들고
느낄수록 상상력은 커진다네

슬픔의 이유를 정직하게 바라보게
온몸을 슬픔이 가는 대로 맡겨 두시게
슬픔을 사랑하고 즐기시게 슬픔으로
언제 어디서나 새벽처럼 깨어 있기를

정산

　행사가 끝났다 정산이 중요하다고 다들 아우성이다 한 시대 한 시절 한 사람의 생을 정말 정산할 수 있을까 그 시간들을 되돌려 들여다보면 나의 정산은 늘 마이너스이다 불온한 감정이 스미어 잠 못 드는 새벽녘, 살면서 도대체 나의 소유물이 어디 있다는 말인가 세상일에 가벼워지기를 꿈꾸자 사람의 일은 계산할 수 없다 시간을 견딜 만하게 만들자 그래, 정산定算이 아니라 정산定散*인지도 모른다 여름 산의 점령군인 칡넝쿨처럼 경계 없이 살지 않기를, 외롭지만 차라리 홀로 가리라고 중얼거린다 높은 문화의 힘을 운운하며 자위하곤 하지만 박제된 화석이 되기는 싫다 시간이 시간을 지우는 방식으로는 지혜의 길에 도달할 수는 없다 재속에 숨어 있는 불씨처럼 나를 끝끝내 따라다니는 지긋지긋한 그 위선을 버리기로 하자 모든 중요한 것들은 길 위에 있다 여행을 떠나야겠다

* 정산定散: 불교에서 선정禪定과 산란散亂을 아울러 이르는 말. 곧 항상 한곳에 머물러 있는 마음의 상태와 잠시도 머물러 있지 않은 마음의 상태를 이른다.

다산초당 가는 길

동백 숲과 야생 차밭이 풍경처럼 아름다운
백련사 동백숲 길에서 다산초당 가는 길이다
자기 죄를 모른다는 대통령 탄핵당한 다음 날
전국에서 온 상춘객들의 발걸음이 가볍다
대전에서 온 큰숲산악회는 어디로 가나
화살표 따라가면 만덕산 깃대봉 가는 길인데

7년간 전전한 주막과 제자 집을 뒤로하고
아늑하고 조용한 다산서옥에 짐을 풀었다
유배객의 쓸쓸한 거처가 아니라 조선 시대
학술사에 가장 빛나는 이상적인 현장이 되었다
10년 동안 길러 낸 18명의 제자와 500여 권에
이르는 방대한 저술을 집필한 곳이 되었다

다산과 혜장이 서로를 찾아 오가던 오솔길
낯선 고장의 풍광 구경 온 상춘객들로 그득하다
새소리 멈추고 한낮의 봄 햇살이 졸고 있다
시방 노랗게 젖꼭지 드러낸 생강나무와
바람난 진달래를 봄바람이 은근슬쩍 건드린다

짝을 찾아가는 설렘만큼 가슴 뛰는 일 있는가
귀 기울이면 다산과 제자들 책 읽는 소리 들린다

금강 하굿둑에서

금강 하굿둑 해물칼국숫집에서 점심을 먹는다 해물칼국수
가 나오기 전 먼저 나온 보리밥에 열무 싱건지, 무채지 넣어
고추장에 비벼 먹는 맛이 일품이다 싱싱한 홍합과 바지락이
듬뿍 들어간 칼칼하고 시원한 칼국수는 배추겉절이를 얹어 먹
어야 제맛이다 뭔가 배 속이 허전하면 어른 주먹만 한 왕만두
를 한두 개 곁들여 먹으면 세상 더욱 살 만해진다

　　초등학교 운동장 같은 넓은 식당에 사람들이
　　왁자하게 코를 박고 칼칼한 칼국수를 먹는다

전북 장수 소백산맥에서 시작해 충남 논산과 강경을 거쳐
서해로 흘러가는 사백 킬로의 물줄기가 내리는 곳에 1,841미터
의 방조제, 714미터의 배수갑문이 있다 금강 하굿둑 사람살이
에 깃든 사연들이 금강을 오고 가며 슬픔과 눈물의 짭조름한
맛이 되었나 옛 추억을 복원하는 해물칼국수를 후루룩 먹으니
금강대교에 드리운 빛과 어둠이 밤 강물에 어룽댄다

밤의 소리

오사카역 JR 남쪽 게이트
금요일 밤 사람들의 홍수다
어둠이 키우는 자식들은 무엇일까
밤의 책장을 한 장씩 넘겨 보면
재 속에 숨어 있던 불씨처럼
세상의 온갖 욕망의 신음들
기다렸다는 듯 한꺼번에 들린다
잘한다는 것은 자연스럽다는 것
두 그룹의 길거리 연주에도
사람들의 환호 소리 다르다
낯설다는 것은 두근거리는 것
사랑과 우정이라는 인연들
지척에 있어도 서로 알아보지 못한다
늦게까지 고향을 찾지 못한 소리가
오사카역 JR 골목에서 떠돌고 있다

시간 여행

시간이 시간에 의해 잘게 부서진다
시간이 베여 낭자하게 피 흘린다
시간이 다른 얼굴로 되돌아 눕는다
밤새워 뒤척이는 시간, 다른 시간들
몸 밖으로 뛰쳐나온 시간이
몸속에 쟁여진 시간을 끌어낸다
몸 밖의 시간, 몸 안의 시간이 이어져
시간은 굽이치고, 매듭이 끊어질 때
시간은 막혀 컥컥 헉헉거린다
부슬부슬 내리는 비에 젖은
오소소 떠는 시간, 시간의 알갱이들
이상재 생가 집터에서 울고 있는 시간
일상의 시간이 지나간 시간을 보고 있다
생애를 지워 버리려는 시간이었으나
시간으로 오히려 생은 드러나고 있다
시간의 모서리가 닳아져 말랑말랑해진
환하게 웃는 서천 1박 2일의 시간 여행

얼음처럼 격렬한 사랑

　류샤오보의 류샤에 대한 '얼음처럼 격렬한 사랑', '검정처럼 아득한 사랑'이 무엇인가 생각하며 담양 추월산 둘레길을 걷는다 송두율 교수는 절제할 줄 아는 낙관주의를 '불타는 얼음'이라고 했는데, '얼음처럼 격렬한 사랑'도 긴 세월과 많은 실험이 필요하다는 말인가? 인생의 변곡점들은 어느 굽이에서 나타나는가? 1989년 톈안먼 사건이 그에게는 인생의 변곡점이 되었으리라 간밤의 비로 생생해진 나뭇잎의 겉모습만 보지 말자 밑동까지 젖지 못한 나무들의 타는 목마름을 알 수 있어야 한다

　이따금 이 땅에 사는 고통에서 벗어나듯, 중국 민주화운동의 외로운 섬에서 벗어나듯 탁 트인 시야를 만난다 얼음은 격렬할수록 빨리 물이 되어 사라질 텐데……, 그에게 사랑, 민주주의, 자유란 무엇일까? 중국 당국은 그가 죽은 지이틀 만에 화장하여 그의 흔적을 바다 밑에 수장시켰다고 한다 시간과 존재의 방정식, 그의 죽음과 흔적을 덮으려 할수록 그의 정신은 되레 빛나 그가 앉지 못한 빈 의자가 언젠가 중국 전체를 뒤엎으리라

각시투구꽃

거창 우두산 가는 길 고견사 입구에서 너를 만났다
낮은 풀숲에 숨어 지나가는 나를 빼꼼히 쳐다보는
보라색 자태가 매혹적이었다 한눈에 식물도감에
나오는 전형적인 모습이 눈에 쏘옥 들어왔다
네 모습을 우선 사진기에 담는데 감개가 무량했다
뿌리인 초오는 누군가의 사약으로도 쓰였다
신분의 귀천에 따라 다른 종류의 사약을 썼다니
인간은 죽음 앞에서도 공평하지 못하구나 유명한
너의 이름을 내과 전공의 시작하던 해 처음 알았다
신경통에 좋다고 뿌리를 달여 먹고 손발이 마비되고
가슴이 울렁거리고 숨을 쉴 수 없어 응급실로 실려 온
환자에서 나타나는 무시무시하고 괴이한 심전도
초오 중독에 의한 부정맥은 잘 알려져 있더구나
심심 유곡 홀로 밤을 지새우며 뿌리에 맹독을 키우는
예쁜 척 거짓된 사랑을 비웃으며 절치부심하는 너는
산문 밖 세상에서는 피울 수 없는 풍경風磬 같은 꽃이다

제2부 지상의 말들

장터목산장에서

핸드폰을 켜 지상으로 생의 기척을 알린다
새벽 네 시 천왕봉 일출 만나기 위해
일단의 도반들, 소리 죽여 떠난 시간
묵혀 두었던 지상의 말들 부스스 깨어난다

지리산 영봉들 너머는 파스텔 톤의 하늘
서편에는 희미한 보름달 떠 있다
동편 하늘가로 햇무리 퍼져 오른다
사람들 기척 살피며 까마귀 까악 까악 운다

손 시린 계곡물에 어지러운 꿈 헹구어 널자
구절초, 오이풀이 흰색과 연보라색 물감을 푼다
햇살 어우러진 장터목산장의 아침 황홀하다
아스라한 산봉우리들 순박한 조상들 마음이다

거제에 와서

거제에 와서 요트 노을 여행을 한다
살아 있다고 견디고 있다고 울먹이는
근해의 작고 얌전한 너울들도
먼 바다로 나가니 거칠고 험해진다

바다에서 오지 않는 말을 기다리는 것은
전설이 된 고래를 기다리는 것
요트 위 사람들은 세상일 다 잊고
온갖 표정과 몸짓으로 노을을 마신다

바람이 드세고 풍랑이 거셀수록
아이들의 웃음소리 자지러진다
멀리 산 넘어 사라지려는 노을아
검은 구름 사이로 얼굴을 보여 다오

피할 수 없는 어떤 생의 우연처럼
리조트 근처 맑은 바닷물 속
끝끝내 돌아오지 않은 말들
해파리 떼가 되어 둥둥 떠다닌다

\>

거제에서 만나지 못한 말들을 기다리며
김수영을 생각한다 그는
포로수용소 하루 노동을 끝내고
맞닥뜨린 생의 어처구니 같은
올 수 없는 말들의 부조리를 뭐라고 했을까

내 핏빛 노래, 작은 우주가 될 수 있다면

수백 년 된 아름드리 배롱나무꽃 피는
담양 명옥헌에 가자 여름이 절정인 날엔
구부정한 소나무 푸른 숲과 어우러진
붉게 물든 명옥헌 배롱나무꽃 보러 가자

옥구슬 부딪히는 계곡물 소리에 귀가 즐겁네
두 개의 연못에는 서로 다른 우주가 담겨 있네
연못 속에는 그대 얼굴과 구름이 떠 있고
배롱나무꽃들의 울음과 여름 산이 누워 있네

배롱나무 가지에 새가 찾아와 울면
배롱나무도 울고 나도 함께 울어야 하네

그대 향한 나의 노래가 우주를 담지 못하고
그대 노래마저 저 앞산과 물소리를 넘지 못하면
내 안의 핏빛 울음이 사무치지 못한 것이네
절정에는 이미 추락이 내포되어 있다네

백 일 동안 불타오르는 저 붉고 숨찬 인연들
노래가 없는 다음 생은 상상할 수 없네

그 붉은 문장들로 길 없는 길을 노래할 수 있다면
내 핏빛 노래, 작은 우주가 될 수 있다면

직립의 사랑법

바람 불어 평지에서 비탈로 내몰린
편백나무 숲이 있는 마을에 간다
숲을 키우고 가꾸는 수많은 뿌리들,
치열한 생生이 길가에 나와 있다

비탈길에 서 있는 오래된 나무들
무심히 지나가는 등산객들에게
그늘 속에 숨어 있는 환한 슬픔
보이면서 보이지 않는 곳 보라 말한다

울퉁불퉁 상처투성이 나뭇등걸에
배낭을 멘 채로 슬그머니 기대어 본다
태어나 지금까지 견뎌 온 긴 세월
나무의 울음이 등을 통해 전해 온다

편백나무 숲에 오후의 햇살 퍼져 내린다
올려다보는 하늘을 통해 세상을 바라보면
마음 온통 신비로운 빛으로 가득 찬다
그대를 향한 높고 순한 직립의 사랑이다

비명

　겨울이 되자 이곳저곳에서 끊임없이 부고가 들려온다 한 겨울 말이 되지 못하고 허공중에 떠도는 비명들 목숨을 내놓고 외치는데 천지 사방 아무도 듣지 않는다 관 속에서 차가운 길바닥에서 현기증 나는 굴뚝 위에서 컨베이어 벨트에 끼어서 모두 비명자가 되어 간다 차가운 봄 바다에 가라앉은 목숨들, 죽지 못해 사는 가족들의 비명은 어떠한가

　듣는 이 없는 자들의 비명 누군가 귀담아듣자 비명은 말이 되어 들리기 시작한다 75미터 굴뚝 위에 사람이 살고 있다 두 노동자가 단식 중인 굴뚝 앞 목련이 꽃을 피우고 고개를 내밀면 우리는 무슨 말을 해야 할까 목동 열병합발전소 아득한 저곳에 따뜻하고 환한 불이 들어올 수 있다면, 어둠이 출렁이는 새벽 출근길 서편의 보름달 숨죽이며 울고 있다

소문들

광주송정역 길게 늘어선 택시들이 무언가 기다리고 있다

열차가 도착할 때마다 사람들에서 묻어온 소식들을 나른다

광주공항 가로수 벚꽃들 시나브로 제 빛을 잃어 가고 있다

미세먼지와 황사 속에서 병든 달이 만삭이 되자 온갖 소문
을 낳는다

광주 모 병원의 새로 온 병원장, BH 누구의 입김으로 들
어왔다고 한다

삼성 이재용이 풀려난 날 최영미 시인을 불러 미투 인터뷰
를 한

JTBC의 손석희 사장이 시청률 하락으로 그만둘 거라고 한다

완전하지는 않지만 5년 안에 남북통일이 될 거라고 한다

트럼프와 김정은이 노벨평화상을 받게 될 거라고도 한다

>

다음 정권을 위해 미투가 거대한 음모 속에 진행된다고 한다

무언가 잘못되고 있어 진보와 보수 모두 폭탄을 준비한다고 한다

도시의 뿌연 대기 속 얼굴 없는 사람들이 유령처럼 서성인다

하늘에서는 벌레 먹은 달이 병든 지구를 애처롭게 내려다본다

가로수 벚꽃들 시치미 뚝 떼고 무성한 소문들 주렁주렁 달고 서 있다

지상의 말들

세상은 달아날 수 없는 곳이네

자신을 달래며 견딜 수 없을 때까지

존재할 수밖에 없는 곳이네

지상에 낡은 무용한 것들과

늙어 가는 자신을 지켜보는 것

태어나지 않은 말들을 기다리며

견딜 수 없는 세계에 기대

제 스스로 답답한 맘이 들 때

누에보 다리로 간 헤밍웨이같이,

밤을 새워도 보편화되지 않는

\>

감정의 잔여물을 만나 흔들릴 때

불안정한 다른 사람의 고백을 듣거나

자신을 위태롭게 할 시를 읽을 것

세상은 잡히지 않는 신기루 같은 것

말이 살아 있는 한 혼도 살아 있다네

궁리한 그대가 파도칠 때

지상의 말들이 가루로 부서져 내리네

십이월의 선암사

하늘은 어둡고 천지 사방 뿌연 날, 크리스마스이브 선암
사에 간다 길가에 옹기종기 자리 잡은 마을, 굴뚝마다 연기
가 피어오른다 가는 계곡 물소리, 오랜만에 콸콸 힘찬 소리
를 낸다 계곡의 흙탕물이 그리 멀지 않는 곳에 많은 비가 오
고 있다고 말한다

보물 400호 승선교와 승선루를 지난다 치매에 걸린 환자
의 붉은 기억들, 붉은 잎들은 왜 가을을 끝내 보내지 못하
는지? 늦가을의 풍경이 슬픈 영화처럼 남아 있다 소리가 소
리를 지워 새로운 소리를 낳는다 이상한 계절의 폭포수 소
리, 연못의 이름 찾아 두리번거리는데 드디어 소리가 먼저
비를 부른다

우산 속으로 파고드는 사람들 사랑의 이름으로 더 가깝
게 하고, 외로운 이들에게는 더 존재의 심연에 다가서게
하는 빗방울 떨어지는 소리, 소리가 멈추고 액체가 고체
로 변하면 첫 마음의 두근거림과 부드러움을 기억해 낼 필
요가 있다

십이월의 선암사가 온전히 비에 잠긴다 선암매 분분분 날

리던 담장길도 오래된 기와에도 여행자의 낯선 시간과 생이
스며들어 함께 젖는다 한순간의 깨우침을 바라지 마라 끊
임없이 두드리지 않은 자에게는 푸른 새벽 열리지 않는다

혼자 먹는 밥

점심시간 구내식당에 가면 볼 수 있다

왁자지껄 어울려 밥을 먹는 무리 사이

묵묵히 혼자 밥을 먹는 사람 있다

어울려 먹는 한솥밥이 최고인 것을

부득이 혼자 먹게 되는 밥도 있다

거짓과 기만이 난무하는 밥보다

정직하게 외로움과 함께 먹는 밥이 낫다

밥상에 별이 뜨고 울음이 피어오른다

외롭지만 서슬 푸른 영혼이 되리라

살아 있는 모든 것은 본래 혼자일 뿐이다

풍경처럼 새 한 마리 하늘로 날아간다

문門의 상대성

문은 걸어서 현장으로 나가는 실천이다

문이 잠겨 있다 오직 밖에서만 열린다

안에서는 잠긴 문을 열 수가 없다

바깥에서만 열 수 있는 문은 문이 아니다

사람 사이의 관계도 그럴 수 있겠다

문의 상대성에 대하여 반성하자

상처받은 가로등 불빛 밝아지고

잠겨 있던 문이 스르륵 열린다

문은 스스로 열고 나갈 수 있어야 문이다

엄지발톱이 나오다

지리산 화대종주를 다녀왔다
내 몸으로는 무리인 줄 알면서도
환갑을 핑계 삼아 순전히 산을 좋아하는
친구들의 꼬임에 넘어갔던 것이다
큰 사고 없이 갔다가 왔지만
산행 중에 만난 많은 에피소드가
살아가는 동안 우리를 즐겁게 할 것이다

갔다 오니 체중도 빠지고 정신도 맑아진다
대가 없이 얻는 것은 없다는 말처럼
좌측 엄지발톱, 우측 둘째 발톱 멍 들었다
우측 둘째 발톱은 무리 없이 회복되었으나
좌측 엄지발톱은 피가 흐르고 부어올라
한동안 병원 외과를 오가며 치료를 받았다

2주쯤 지나 아픈 발톱 밑에 새 발톱이 생기자
결국 멍 들었던 엄지발톱이 빠져나온다
새로 나온 발톱을 가만히 들여다본다
우둘투둘한 표면 하며 지독히도 못생긴 발톱이다
못생겨도 새 발톱이 나오니 걷는데 힘이 생긴다

>
지독히도 못생긴 엄지발톱이 내게 말한다
세상에서 깨어지고 조각난 어떤 상처도
시간을 견디면 재생의 힘이 생긴다고
더디지만 희망은 이렇게 되살아나는 것이라고

감옥으로 들어간다

네 개의 문을 열고 감옥으로 들어간다
두 개의 철창문을 통과하여
이 층 계단을 돌아 올라간다 다시
두 번 카드 키를 열고 들어가는 곳
거기 여행자의 쉼터가 있다
수많은 거울이 나를 비춘다
기괴한 형상의 내 모습에 내가 놀란다
건너편 감옥에서 수많은 눈들
저마다 새로운 상대를 살피고 있다
거리 모퉁이마다 낯선 말들의
집시들이 담배를 피우며 서성인다
오래된 건물 벽에는 난해한 낙서들
어지럽게 흩어져 어둠을 부른다
누구나 창을 통해 세상을 바라본다
같은 창문에도 다른 색의 꽃이 핀다

기침에 대한 명상 2

오랜만에 베란다 창문을 여니 시원한 바람이 가슴에 들어찬다 심호흡하며 두 달 가까이 폐에 들어와 사는, 들끓는 말들에게 물어본다 언제쯤 떠날 것인지 이대로 생명이 다할 때까지 내 안에서 창궐할 것인지, 오랫동안 몸과 마음 지치고 우울하게 해 온 기침과 가래, 누구는 말이 되지 못한 것들이 기침이 된다 했다

폐를 찍은 흉부 X-선을 정밀하게 들여다본다 오랫동안 나를 괴롭히는 기침의 근원을 찾아 왼쪽 폐 상엽의 음영을 확대한다 인간과 사물의 음영을 본다는 점이 시와 유사하다 하지만 의학에는 은유가 없다 말이 되지 못한 것들의 뼈, 잿빛 가래 알갱이가 돌이 되기까지 폐에 갇혀 있던 시간들, 질식 직전의 순간 숨이 끊어질 듯 막무가내로 터져 나오는 기침은 말의 죽음에 저항하는 마지막 아우성인지 모른다 언제쯤 거침없는 심호흡 마음껏 해 볼 수 있을까 편견 없이 살기 위해서, 살리지 못한 말들을 위해서 최소량의 말(言)이 필요하다

영주의 밤

영주 축산 식당에서 여행은 시작되었다
송이버섯과 쇠고기는 천생연분이었다
그간의 안부를 서로 물으며 소주가
몇 순배 돌자 모두 얼굴에 화색이 돌았다
낯선 땅 여행이 주는 설렘과 호기심이
이곳으로 초청한 시인의 단골집인
'객주'라는 이름의 술집으로 이어졌다
흥을 돋우는 말들과 노래가 춤을 춘다
오대양 심해를 누비고 다닌 심해 스쿠버
마취과 김 교수의 바닷속은 신비로웠다
영혼의 교감인가 좌중이 조용해지자
객주 사장의 노래 〈그때 그 사람〉을
청해 듣는다 영주에 초행인 객들과
손님들의 고향에 가 본 적이 없다는
주인과 객들이 번갈아 추억을 호명한다
김 시인의 〈이어도〉 시 노래는 절창이었다
시 쓰는 의사들이 모여 노는 영주의 밤
가리비회, 뭇국, 술국에 취해
시와 노래가 문신처럼 새겨진 날이었다

창평장

시골 장터에 가을이 찾아온다
고추, 쪽파씨 파는 곳에 사람들 붐빈다
마른 고추는 빻아서 보관하고
쪽파는 9월 중순 전에 심어야 쓸 수 있다
김장에 쓸 배추는 이미 파종을 끝냈다
농부는 언제나 계절을 앞서서 산다

고구마 줄기 다듬는 할매의 좌판 옆에 호박 몇 덩이 놓여
있다 애호박, 늙은 호박, 애호박도 늙은 호박도 아닌 쉰 호
박도 있다 애호박은 2,000원, 쉰 호박에는 1,000원의 가격표
가 붙어 있다 호박값도 우리네 인생사와 닮았다

면사무소 앞 고즈넉한 풍경 속을 걷는다
여기서부터는 시간이 거꾸로 흐른다
달팽이처럼 느릿느릿 돌담길을 걷다 보면
찔레 꽃잎 따 먹으며 엄마 기다리던 기억 속
엄마는 어디쯤 오고 있을지 그 길 가늠하다
애호박 같은 눈망울의 나를 만나는 것이다
창평장에 가면 계절을 앞서
아들 농사짓던 엄마를 만나는 것이다

푸른 봄

이월이 머뭇거리는 동안 삼월이 왔다

몸속으로 흘러 들어오는 계절을 보러

구례군 산동면 산수유마을에 간다

겨울 색깔들이 녹아 비가 쏟아진다

맑고 추운 초봄이 차창에 부딪힌다

처음 맨몸으로 세상에 던져진 날처럼

비말이 튄다 꼬리를 흔들며 거슬러 오른다

십 년 만에 수락폭포를 다시 만나다

겨우내 숨죽인 산의 정령이 깨어난다

환호하며 뛰어내리는 스무 살 청춘이다

>

기꺼이 자기를 버리는 어머니의 사랑이다

한반도 내륙 깊숙이 푸른 봄이 스며든다

제3부 따뜻한 그늘

어떤 봄날
—코로나19

　개원한 후로 점심을 혼자 먹을 때가 대부분이다 건물주인 5층의 외과 친구와 함께 먹으면 좋겠지만 수술 일정이나 환자 등의 이유로 한 달에 한두 번밖에 함께 식사하지 못한다 홀로 먹는 점심에 익숙해졌다 수요일, 주 1회는 중국집에 가기로 한 날이다 동네 중국집 '청화반점'에 들러 간짜장을 먹는다 배달이 많고 직접 와서 먹는 손님들은 별로 없다 갓 볶은 간짜장과 면을 비벼 먹으면 세상일 잠시 잊고 행복해진다 신용카드로 결제하면 6,000원 현금은 5,000원을 받는다 사장이 원하는 대로 이곳에서는 항상 현금으로 결제한다

　점심 먹고 나와 좁은 길을 걷는다 최근 이 지역에서도 코로나19 감염증 확진자가 나와 한낮인데도 거리가 한산하다 마스크로 얼굴을 꼭꼭 가린 표정을 알 수 없는 사람들 드문드문 만난다 1톤 소형 트럭에 여러 가지 물건을 싣고 다니며 파는 중년의 아저씨를 만났다 스피커를 통해 전달되는 목소리에 이끌려 대나무로 만든 베개 두 개를 3만 원 주고 구입한다 웃으며 1,000원짜리 양말을 '덤'이라고 넣어 준다 내가 물건을 사고 있으니 지나가는 사람들이 궁금한 듯 하나둘 모여든다 봄 햇살 환하다

일상 2
—코로나19

　토요일, 병원으로 가는 출근길 한가하다 대남대로의 가
로수들, 가냘픈 연초록빛 이야기를 시나브로 허공에 쓰고
있다 오늘은 미세먼지로 그 사연 알 수 없지만 멀리 무등산
능선은 겨우내 묵힌 사연 꽁꽁 여민 가슴에 품고 있다 병원
앞 도로는 지하철 공사로 차들이 길게 목을 빼고 늘어서 있
다 남광주농협 버스 정류장에는 마스크로 얼굴을 가린 남녀
노소들, 더러는 휴대폰을 들여다보고 더러는 먼 하늘을 바
라보며 버스를 기다리며 서성거린다 봄은 오는가 꿈은 여전
히 유효한가 언제나 일상의 삶으로 돌아갈 수 있을까

　경상북도 경산시에서 코로나19 환자를 진료하다 자신도
감염돼 경북대병원에서 치료를 받다 3일 오전 사망한 고 허
영구 원장(허영구 내과 의원, 60), 삼가 고인의 명복을 빈다 우
리는 오늘 무엇을 하고 있는가 무엇을 위해 사는가 새삼 우
리의 삶을 되돌아본다 코로나19가 우리 인류에게 들려주는
메시지는 더불어 사는 삶의 깊이이다 친구를 위해 병원 빌
딩 한 면 전체에 '사람들에게 위안을 줄 수 있고, 마음을 따
뜻하게 할 수 있는 시'를 걸자고 한 건물주 친구의 말, 위기
사회일수록 디스토피아가 아닌 유토피아를 꿈꾸자

관매초등학교[*]

낡은 경운기가 누워 있는 학교로 들어간다
쪽빛 바다와 녹색 함성이 시끌벅적했을
폐교 안에는 누군가 살고 있을 것 같다
동백나무, 소나무 어우러진 담장들
아카시아잎을 뜯어 '가위바위보' 하면
어린 시절 친구들 깔깔대며 불려 나온다

학교 주변에는 오래된 나무들이 많다
늙은 당산나무에 깃든 영을 보호하듯
잘생긴 후박나무들 빙 둘러서 있다
바람도 조는 한여름 오후 교실을 빠져나온
햇살 경로당 뜨락에서 꾸벅꾸벅 졸고 있다

그 많고 환한 웃음소리들 다 어디로 갔을까

[*] 관매초등학교: 전라남도 진도군 조도면 관매도리에 있는 1937년 개
교하여 2012년 폐교된 학교다. 해방 후에는 지대한 교육열로 번성하
다가 섬 주민들의 급격한 도시 이주로 학생 수는 감소하고 분교가
된다. 폐교 전 마지막 학생은 다섯 명이다.

흔들리지 말자

새벽 출근길 자동차의 시동을 걸자
지진 발생 긴급재난문자가 뜬다
2017년 11월 15일 포항 지진 이후
수십여 건의 여진이 발생하고 있다

몸의 중심이 흔들린다
한반도가 흔들리고
지구 전체가 흔들린다
지구 별이 불안정해지고 있다

흔들릴수록 몸의 중심을 잡자
중심을 잃고 흔들릴수록
먹이를 보고 달려드는
하이에나들 가득한 세상이다

가짜가 웃고 거짓이 판치는 세상
명세서에 왜 이 항목이 들어갔는지
물어보자 질문을 두려워하지 말자
흔들리지 말자 흔들리지 말자

\>

땅이 갈라지고 지구가 흔들려도
내일은 함께 흔들리지 말자
시름이 깊으면 사유도 자라는 것
흔들리지 말자 흔들리지 말자

하늘정원 가는 길

리조트에서 하늘정원 가는 길이다
멀리 바다에서 너울 소리 들린다
오랜 가뭄으로 나무들 발육이 좋지 않다
'해충 뱀 조심'이란 푯말을 지나니
산책 길과 부둣가가 갈라지는 곳이다
인생은 늘 선택을 강요받는 것
산책 길의 고요와 외로움을 참지 못하고
부둣가의 붐비는 인파 속으로 뛰어든다
거추장스러운 도덕이란 외투를 벗어
자유로운 영혼으로 살지 못하고
뭍에 온 물고기의 아가미처럼 벌컥거리는가
나보다 먼저 하늘정원에 집을 지은
거미줄에 내 얼굴이 걸린다
밤새 거미줄에 걸린 나방을 포식한
거미가 새벽부터 그물을 정비하고 있다
노랑하늘타리의 넌출이 오래된
동백나무, 후박나무를 타고 오른다
한라산 영실 가기 위해 일찍 깬 새벽
하늘정원에 쳐 놓은 거미그물에 걸려
연못 속 흔들리는 내 그림자를 되돌아본다

꼬막재를 오르며

신선대 억새를 보러 가는 길이었던가
가까운 사이에도 더러 거리가 필요한 법
가깝지도 너무 멀지도 않는 거리를
생각하며 말없이 그대 뒤따르고 있었네
말은 때로 말이 되지 못한 채 부서져
서로에게 상처를 주기도 하네
도심보다는 공기가 좋다는 말
들끓는 말을 삼키며 앞장서 산을 오르네
그만큼의 거리를 두고 뒤따라가는데
산길은 아직 가을 준비가 되지 않았네
태어나 처음으로 여름과 가을에 걸쳐
일곱 개의 태풍이 지나간 산길에는
부러진 나뭇가지, 떨어진 도토리, 상수리
이름 모를 열매들로 뒤엉켜 있었네
비탈길에 늘어선 편백나무 마을에도
태풍이 남기고 간 상처들 곳곳에 보였네
해발 738미터의 꼬막재에는 옛날
이야기 속 봇짐 이고 진 사람들은 보이지 않고
텅 빈 한낮의 고요만이 미소 짓고 있었네

열매 없는 나무는 없다

송화마을 물빛 호수 공원에서 아침 운동을 한다
빠른 걸음으로 호수를 서너 바퀴 돌면
문장들 피어나고 잠든 세포들 깨어난다
추석 명절 아침인데도 공원은 사람들로 붐빈다
운동 중인 동네 사람들과 가벼운 눈인사를 한다
각자의 방식대로 옷을 입고 저마다 운동을 한다
호수 가장자리는 언제나 새로운 소문 들끓는다
물속까지 진격하지 못한 칡넝쿨에 꽃이 달려 있다
인공으로 만든 산책로 데크 아래 그늘진 곳
바람에 흔들리는 빛들의 조각들 생명체들이 산다
침엽수들과 활엽수들이 조화를 이루어 숲이 되면
좋겠다는 생각이 드는 산책로의 메타세쿼이아에
둥근 녹색 열매가 매달려 있다 먼저 핀 벚나무 잎
먼저 떨어지고 벌레 먹은 감나무 잎 바람에 뒹군다
그래 인생도 더러 질 때는 질 줄도 알아야 해*
이제까지 걸어온 길을 되돌아갈 수는 없는가
지상에 존재하는 열매 없는 나무는 없다
생을 다시 디자인할 수 있다면 저 멀리 보이는
비타민미술학원에서 멋진 그림 그려 낼 수 있을까

* 김형수 시 「져야 할 때는 질 줄도 알아야 해」에서 차용.

혼자가 된 사람
— 박원순 시장 영전에

천둥 번개 치고 폭우가 쏟아진다

옳지 않은 것을 옳지 않다고 생각하고
옳은 것을 옳다고 생각하는 사람
갈댓잎을 잘못 쥐어 그대 손을 베이게 되었구나

부끄러워해야 할 때 부끄러워하고
옳지 않은 것을 보았을 때
옳지 않다고 말할 수 있는 사람

꿈꾸었던 나라 버리고 돌아간
사람이 되어 슬퍼하고 끝끝내
외롭고 쓸쓸하지만 혼자가 된 사람

마른 꽃잎 지는 영혼의 새벽
천지 사방 빗소리만 가득하다 언젠가
부르르 진실이 드러나는 순간은 올 것이다

그대 울음소리

올해는 그대 울음소리 잘 듣지 못했습니다
긴 장마와 폭우가 그대 울음을 삼켰나 봅니다

코로나19와 집중호우로 지친 마음 때문일까요
말복 지나 잠깐 폭염이 오더니 며칠 사이
그대 울음소리 더욱 맑고 크게 들립니다

옛 선비들은 그대를 선오덕蟬五德이라 했지요
여름 한 철밖에 모르는 그대를 보고 어떤 사람은
식견이 좁다고 말합니다 길고 짧음, 크고 작음이
풀잎에 맺힌 이슬방울과 같음을 바람은 알지요

어려운 시기에는 아무런 이해관계 없이
그저 마음 통하는 벗과 주고받은 격려의 말
몇 마디가 소중하고 심장을 쿵 하게 울립니다

찬바람과 함께 가을의 문턱이 보이면
오랜 기다림 끝에 주어진 짧은 생을
텅 빈 몸으로 줄기차게 울어 대는
그대 울음소리도 자지러들 것입니다

>

맑음이 있고 염치가 있으며 검소함이 밴 그대
울음소리를 여름의 끝자락에서 그리워합니다

그대는 누구신가

제10호 태풍 하이난이 올라온다는 날 모처럼
낙타봉과 새인봉 바라보며 토끼등을 오른다

혼자 오르는 산도 이제 오래된 친구처럼 반갑다
지나가는 바람이 전하는 '오메 산은 왜 이리 좋당가'

풍성한 계곡물 소리 텅 비어 있는 매미의 노랫소리
바위들은 언젠가 만났던 낯익은 얼굴처럼 여여하다

소리정에는 점심을 먹는 사람들 저잣거리의 온갖
소문 가짜 뉴스 남녀상열지사들 섞여 들끓고 있다

덕산 너덜겅에 도착하니 빗속에 수행 중인 바위들
오래 숨죽였던 이끼들 푸른 문장으로 피어나고 있다

『너덜겅 편지』라는 시집 때문일까 늘 한적하던
중터리 길에도 제법 이곳저곳 사람들 북적인다

빛고을의 상처인 너덜겅에서 망중한에 잠긴 사람들
불현듯 토끼의 간과 너덜겅의 유사점을 상상하는데

\>

굵어진 빗줄기와 세찬 비바람 텅 빈 풍경과 그리움
명멸하는 계절의 기운이 맹렬한 식욕으로 살아난다

여을비를 맞으며 토끼의 등으로 미끄러져 내려온다
단골집 부곡정에서 보는 저 멀리 산 그대는 누구신가

고향 집

시골 고향 집 전화번호를 누른다
신호음 덥석 잡은 손 기척 없다
다급해진 마음 열차에 싣고 달린다
불안불안 도착한 고향 마을
마을 개들 컹컹 짖는다
담장 허물어진 나를 키워 낸 집
생이 무거울수록 마당 한쪽
등 굽은 장두 감나무 야위어 가고
고장 난 트랙터 빈집 지키고 있다
참새들 짹짹 울음 사그라지고
월출산 구부정한 봉우리 사이로
달이 부풀어 오른다
집 안 어디에도 부모님 기척은 없고
반쯤 언 개울 물소리만 청아하다

부석浮石
—부석사에서

부질없는 욕망들 허공에 떠 있다
형상 없는 신기루가 아른거린다
큰 바위를 세 번 하늘에 띄우는 사랑
용기가 없으면 욕망도 고통이다
그 말 되새김하게 하는 쪽빛 가을
시인은 역사 속에서 늘 불온하다
남녘으로 기러기 떼 지어 날아오고
산사 뒤편 뜬 돌만 덩그러니 남아 있다

따뜻한 그늘
—빈집

주소가 사라진 집과 골목, 동네의
풍경이 도시의 여기저기 흩어져 있다
거쳐 간 사람들은 연고지를 잃고
이곳은 유령의 공간이 된다
치솟은 빌딩 그림자 흉터처럼 남아 있는
도시는 날로 발전하고 폐허의 공간 늘어나
시나브로 공동화현상 일어나고 있다

사람들은 떠났어도 왜 그들의 체취는
방 구석구석의 때와 먼지로 남아서
한숨처럼 탄식처럼 다가오는가
더러는 운 좋게 새 아파트로 떠나고
가난한 자 늙은이들만 뭉그적거리다가
퇴출당한 빈집은 번지수가 사라지고
연고가 끊긴 곳이 되고야 만다

한때 '보금자리'라고 애지중지하며
동고동락했던 침실과 주방 섬뜩하다
빈집에 들어설 때마다 알 수 없는
사람들의 인생이 느껴진다 집 안 곳곳

새겨 두고 간 어린아이의 웃음소리와
가족들 둘러앉은 저녁 식탁 떠오른다
그들의 아픈 가족사와 그들을 둘러싼
시대의 이야기를 오래 기억하고 싶다

희망 없는 바다에 그물을 던지는 일인가
그러나 희망이 없는 곳이란 없다
어쩌면 인간이 먼저 절망하고 있을 뿐
바람이 드나들고 새들이 쉬어 가는 곳
가장 힘든 생의 추억과 슬픔이 깃드는
골목길 빈집은 따뜻한 그늘이 되고 싶다

중봉中峰을 오르며

중머리재에서 중봉 가는 길
봄 햇살 환하다 인적 드문
된비알 산길을 헉헉거리며 오른다
산에 미쳐 한 시절을 사는
저절로 빛나는 청춘들
한순간에 나를 앞질러 간다
선친先親이 살았던 시간 너머
나는 어디쯤 가고 있는 걸까

크고 작은 돌들로 이루어진
삐죽빼죽한 바위산을 오른다
서로 다름을 인정하지 않는
어떤 종교는 낯설고 무섭다
삼대가 함께 밥을 먹는 저녁
종일 유튜브 끼고 사는 아내는
지구의 종말과 휴거를 얘기한다

내가 할 수 있는 일 별로 없구나
인생 시계 벌써 저녁 6시쯤 되는데
중봉까지 가면 쉴 수 있을까

세월에 등 떠밀려 가지 않고
어느 곳이든 찾아갈 수 있을까
산을 좋아했던 고인이 된 선배
시인을 회상한다 외롭고 높고
쓸쓸한 그 정신의 거처를 궁리한다

두드러기

온몸에 두드러기가 났다 이런 심한 두드러기는 처음이다 얼굴, 눈두덩이, 온몸이 부어오르고, 손가락 관절도 부어올라 헐렁하던 반지가 빠지지 않는다 제2회 아시아 문학 페스티벌 마무리 저녁 식사 뒤, 자리 옮긴 술집에서 먹은 돼지고기가 문제를 일으킨 것 같다 다른 이들은 문제가 없는데 왜 나만 탈이 난 걸까 아무도 듣지 못한, 누군가 절제되지 않는 질문에 대한 날 선 반응일까

다음 날 약속을 취소하지 못하고 온몸에 난 두드러기와 더불어 산행을 한다 오히려 건강해서 일어나는 독소에 대한 면역 과민 반응이라며 친구들이 위로한다 무얼 잘못한 것일까 다른 이들의 질투와 질시가 내 몸에 들어온 것이 아닌가 최근 일들을 곰곰 생각해 본다 행동을 세세히 되돌아본다

두드러기가 빨갛게 눈을 치켜들고 수시로 온몸에 발기되어 솟는다 이보다 더는 도발적일 수 없다 의학 교과서에 쓰인 대로 스테로이드와 항히스타민제를 처방받고 수액까지 맞는다 나았다고 방심한 순간 다시 온몸에 빨갛게 일어서는 이 발칙한 놈들과 일주일간 힘든 시간을 보내는 사이, 정권

이 바뀌어도 변하지 않는 허기진 마음에도 두드러기가 났다
사라졌다를 반복한다

나폴리, 항구에 갈매기가 없다

나폴리, 항구에 갈매기가 없다
세계적 미항이라는 말은 옛말이다
나폴리는 지금 어지럽고 혼란스럽다
배가 불룩한, 사람을 무서워하지 않는
자본주의의 비둘기 떼들만 설쳐 댄다
종교와 전쟁과 잘못된 정치 때문에
고통스러운 건 아이들과 민중들
뱃고동 소리 끊긴 쓸쓸한 부두 한편
서로 다른 말들이 섞여 소란스럽다
여행객들 난민들과 집시들이 서성인다
사람 사는 냄새가 물씬 풍기는 골목길
골목에 널려 있는 빨래조차 정겹다는
뒷골목의 사람들을 만나고 싶어도
소매치기와 범죄와 치안이 위험하다
오늘의 나폴리, 항구에 갈매기가 없다

제4부 헐벗은 나무들이 숲을 이끌고 간다

애벌레처럼 웅크리고 울고 있었네
—임철우의 『봄날』을 읽고

생생한 꿈이다 모임이 끝나고 사람들이 흩어졌다 나가는 도중 깜박 방에 두고 온 가방 안의 『봄날』이 생각나 다시 돌아갔는데 가방은 없고 사방이 벽들로 가로막힌 희고 어두운 방에 갇혔다 출구를 찾아 벽을 밀고 나가면 또 다른 방이 나오는 방, 그 많던 사람들 모두 어디로 갔는지 아무도 없었다 끝없이 헤매다가 결국 제자리에서 빙빙 돌고 있는 방, 숨이 막히고 죽을 듯하여 벽을 두드리며 '사람이 갇혀 있소', '문을 열어 주시오', '살려 주시오' 목청껏 사람들을 불렀다 대답은 없었고 아무도 오지 않았다 어디선가 희미한 불빛이 스며드는데 홀로 지쳐 쓰러진 꿈속의 꿈에서도 희고 어두운 방에 갇혀 애벌레처럼 웅크리고 울고 있었다

임을 위한 행진곡

죽은 자가 산 자를 인도하는
이 노래는 힘이 세다

노래는 시가 되고 소설이 되고
영화가 되고 큰 숲이 된다

어떤 풀도 나무도 제 색만을 위해
다른 색을 누르지 않는다

노래는 벌레, 동식물, 바람과 더불어
대동세상 우주宇宙가 된다

노래는 참으로 힘이 세다
노래는 물결쳐 다음 세대로 이어진다

노래를 기억하는 것만큼 살고
노래의 기억이 사라지면 죽으리

서해안에는 일출이 없다

새만금에서 본 일몰의 영상을 되새김하다가 늦게 잠든 밤, 채석범주彩石帆舟를 산책하기 위해 새벽을 밝힌다 간밤의 시끄럽고 어수선함은 잠들고 푸르고 날 선 새벽의 고요가 몸 안의 세포를 깨운다 초록, 빨강의 격포항 등대 불빛을 따라간다 파도가 만든 책, 채석강의 층암 단층이 절경이다 시간의 역사가 빼곡하다

　남녀 사진사 두 사람, 절정의 순간 만나기 위해
　꽁꽁 언 손 비비며 시린 새벽을 견디고 있다
　시간에 따라 조금씩 달라지는 풍경의 속살들
　붉은색色이 슬그머니 그들에게로 스며들고 있다

누가 파도는 흔적을 남기지 않는다 했는가 해안 절벽, 해식동굴, 미처 쓸어 가지 못한 발자국들, 모래사장에 새겨진 그림자까지 파도의 흔적 낭자하다 갈라지고 막힌 새만금의 울음소리가 이주민의 숨죽인 울음같이 붉다 파도에 통속적 시간이 사라지는 순간이다 참새 두 마리 인기척에 놀라 붉은 병꽃나무 숲으로 숨는다 일몰에 맞춰진 채석강의 아침 생들이 고요하다 아무리 둘러보아도 서해안에는 일출이 없다 세상은 책 안쪽에 있다

붉은 해변*

1950년 9월 10일 새벽 1시의 월미도 판잣집
폭격이 시작되자 불기둥들 하늘에서 떨어진다
사람들이 허둥지둥 달아나고 붉게 물든 해변
남녀노소 가리지 않고 불을 뿜는 검은 독수리 떼
몸에 불이 붙은 사람들은 불새들이 춤추는 듯
수십 발의 네이팜탄 투하와 기관총이 난사된다
섭씨 3천 도의 불비가 쏟아져 내린 월미도의 밤

인천상륙작전의 성공을 위해 자행된 미군 폭격
무고한 월미도 민간인들 산 채로 불에 타 죽는다
사흘 밤낮 계속된 폭격으로 불에 탄 시체 더미
구사일생으로 살아남은 주민들은 승자의 논리로
월미도에서 영원히 추방되고 난민처럼 떠돈다
구천에서 영가靈駕가 되어 떠도는 외삼촌을
영혼결혼식을 시켜 곱게 보내 드리려는 가족들

한국전쟁 후 70년이 지난 지금까지 매일 밤
아직 끝나지 않는 그 비명과 절규를 듣는다
어둠이여, 지긋지긋한 그 자리에서 제발 떠나 다오**
정의가 강물처럼 흐를 때까지 촛불을 놓지 말자

사회 불의는 여전히 맞서 싸워야 하기 때문이다
문제는 미국이다 세상은 저절로 좋아지지 않는다

* 붉은 해변: 김명희 작가의 소설 제목.
** 조태일 시 「이슬」에서 변용함.

다랑쉬오름을 오르며

삼 년 전 아들과 함께 왔던 길이다
다랑쉬오름을 다시 오르는데
수심 깊던 아들과의 한 시절이 스친다
자유가 그리워 온 여행의 핏줄 속으로
어쩔 수 없는 생의 비의가 들끓는다

나비들과 더불어 앞서거니 뒤서거니
다랑쉬오름을 오른다 나비는 자유다
호접몽을 떠올린다 나도 나비가 된다
인생도 결국 하룻밤의 꿈 같은 것일 터
나도 웃고 나비도 웃는다 나비가 날아간다

제주에는 어디를 가도 가슴 아픈
4·3 항쟁의 흔적 만날 수 있다
다랑쉬굴에서 발견된 열한 구의 시신들
아홉 살 어린이부터 오십 살 아주머니까지
사십사 년 만에 발굴된 시신을 국가는
왜 서둘러 화장해 바다에 뿌렸을까

나비는 안다 국가라는 체제의 폭력성을

자유로운 나비는 국가가 될 수 없다
오래전 다랑쉬굴 입구는 폐쇄되었다
곳곳에 남아 있는 돌담, 집터, 우물터
폐촌이 된 쓸쓸한 다랑쉬마을 입구에
늙은 팽나무 한 그루 묵언수행 중이다

아스팔트 위에 뿌린 씨앗*
—생명과 평화의 일꾼 백남기 임마누엘

평생 자신을 드러내지 않고 묵묵히
고향에서 농사를 짓던 사람이었네
휴대전화 신용카드 현금카드도 없는 사람
'주암호사랑걷기대회'에 가려다가
평생 동지이며 후배인 최영추의 말
"형님, 민중총궐기대회에 가십시다"에
"그러마" 하고 함께 서울로 향한 사람
"앞에 나서지 마쇼잉"
"알았네. 잘 다녀올 것이네"
아내는 최영추, 큰딸 백도리지와 남편
사촌 동생 전화번호 주머니에 넣어 주었네
작은 가방에는 녹차 한 병
비 예보 있어 챙겨 준 우산이 들어 있었네

2015년 11월 14일 민중총궐기대회
"쌀값 21만 원을 보장하라" 외치며
그는 죽어 버린 농업정책을 상징하는
상여 옆에서 덩실덩실 춤을 추고 있다
서울 종로구청 사거리에서
물대포에 맞고 의식을 잃고 쓰러졌네

아스팔트 위에는 물대포를 맞은
농민들의 벼가 떨어져 있었네
가톨릭농민회 25주년 버클과
'가자 11월 14일 서울로!
밥쌀용 수입 저지!'가 새겨진 조끼로
그를 알아본 농민운동 후배들
백남기 농민을 구급차에 싣고
서울대병원 응급실로 데려갔네

2016년 11월 5일 장례식을 치를 때까지
전남 보성 부춘마을에서 아내 박경숙과
상경 이틀 전 서둘러 파종한 백중밀
죽은 것인지 산 것인지 알 수 없는 시간
밀 씨앗도 씨를 뿌린 이도 견뎌야 했네
대학생 농활 때 맺은 인연으로
서울대 의대 의사들 몇 다녀가고
새 세상에 대한 염원을 키우고 있는
젊은 농민들 혜화동 농성장 지켰네
이름도 남기지 않은 수많은 시민과
묵묵히 자신의 몫을 수행한 활동가들이

여섯 번의 부검 영장을 막았네
촛불 시위, 촛불 정부의 씨앗이 되었네

보성에서 우리 밀 농사를 지으며
이웃과 함께 다만 자리를 지킨 사람
1973년 유신 철폐 시위 주도하다
명동성당에 피신한 것을 계기로
'임마누엘'이란 영세명을 얻은 사람
장례식도 명동성당에서 치른 사람
1980년 중앙대 '유신 잔당 장례식'
장례 행렬의 총괄 지휘자인 사람
5 · 18 유공자 신청 권유해도 살아남은 자
부끄럽다며 끝까지 거부한 사람
개 이름도 오이삼**, 팔일팔***로 지은 사람
50년 만에 중앙대에서 졸업장을 받은 사람
후배들 모두 '바위 같은 사람'이라는 사람
자식들 이름 백도라지, 백두산, 백민주화로
지어 한결같이 통일을 염원하던 사람
평생 '생명과 평화'의 가치를 추구한 사람

>
구 묘역이라 부르는 망월동 제3묘역
백남기 농민과 이웃한 이들이 누워 있네
5 · 18 광주 민주화 항쟁 이후 민주화 · 통일
평화 · 노동운동을 하다 쓰러진 열사들
박관현 열사, 이한열 열사, 정광훈 전 의장
오종렬 의장, 김남주 시인 함께 누워 있네
겨울 빗속에 망월동 묘역에 빼곡한 빗돌들
너무 많은 사람들 죽었네 가슴 미어지네
언제나 그들이 바라는 세상이 올 것인가
뿌려진 씨앗은 뜨거운 여름을 품고 있다네

정율성

1914년 광주 양림동 출생. 노래를 기억하는 것은 그 기억을 통해 결코 잊혀서는 안 될 역사를 지키고 보듬어야 하기 때문이다. 음악으로 세상을 바꿔 해방된 조국으로 돌아오길 꿈꾸던 20살 청년 정율성! 과연 노래로 나라를 되찾을 수 있을까? 노래는 기억 투쟁의 가장 효과적인 무기가 될 수 있을까? 물속에 녹아 있는 소금처럼 우리 자신을 잃어버리고 있으면 안 된다.

1938년 동기인 모예와 옌안의 노래를 만들다. 옌안송이 되다. 민중이 만든 노래의 힘은 공감대가 넓다. 시대를 담은 가사와 단순하지만 마음을 울리는 멜로디의 확장성. 좋은 노래는 오래 전해져 사라지지 않는다. 자신의 몸과 음악이 독립의 도구가 되고 혁명의 무기가 되길 희망했던 정율성. 그러나 해방된 조국은 분단되었고 결국 1951년 4월 중국으로 건너간다.

그가 목이 터져라고 불렀던 조국은 과연 어디인가? "전투를 치르면서도 모두들 노래를 부르고 있었다. 두려움을 떨치게 하고 분노와 용기를 돋우는 그 노래. 빗발치는 총알 속에서도 곳곳에 옌안송이 들렸다." 한 사람의 노래는 총칼

보다 강했고 혁명 그 이상의 힘을 보여 주었다.

  보탑산 봉우리에 노을 불타고
  연하강 물결 위에 달빛 흐르네
  봄바람 들판으로 솔솔 불어치고
  산과 산 철벽 이뤘네.
  아, 연안! 장엄하고 웅위한 도시!
  항전의 노래 곳곳에 울린다

  이념 너머, 전쟁의 한쪽에선, 이런 풍경이 있었다. 정율성은 그들에게 그런 존재였다. '음악이 나의 무기다'라는 그는 중국의 국립묘지인 북경 팔보산 혁명열사릉에 묻혀 있다. 중국 현대음악과 중국 혁명음악의 큰 별, 그의 노래도 영생불멸할 것이다. 우리가 함께 부를 노래가 있다는 것은 우리가 어떤 역사를 함께 공유하고 있다는 의미이다. 노래를 잊지 않는 한 그 역사 또한 사라지지 않는다. 음악으로 세상을 바꾼 그는 노래 속에 살아 있다.

봄눈
—장흥 갑오동학농민혁명

살 것인가 죽을 것인가 봄눈 내린다
이른 봄 서릿바람 부는 밤하늘
'꺼포리 타홋데'* 울며 새가 날아간다
땅 밑의 많은 생명 봄을 기다리듯
농민의 삶터에도 오길 기다리는 봄

안개 자욱한 비산비야 산모퉁이 돌아간다
개 같은 세상 깨끗한 새 세상으로 바꾸자고
동학 농민군 핏빛 안개 속에 어울려 서 있다
앉으면 죽산, 서면 백산의 성난 백성들
핏발 서린 격문에 한걸음으로 달려온 농민들 함성

우금치에서 밀리기 시작한 동학 농민군
장흥 석대들에 모여 최후의 항전을 한다
이방언 장군이 이끄는 삼만여 농민군들
장태를 굴리며 일본군을 향해 돌진한다
일본군의 신식 기관총 화력 앞에
바위가 층층이 쌓인 들판에서 피 흘리며
짚못처럼 하얗게 쓰러지는 사람들
탐진강에 동학군 시체 가득 떠내려간다

>

눈에 비친 핏빛 노을 문지르자 갑오년
피를 머금은 동학 농민군 쏟아져 나온다
이름도 없이 희생된 동학 농민들
수천수만의 하얀 혼령들이
밤하늘 빛으로 별들이 무수히 빛난다

강이 운다 탐진강이 텅텅 운다
사자산, 제암산, 억불산에 서린 한
장흥 부사, 벽사역 찰방, 회진 만호에
가진 것 다 바친 농민들 가슴에
강이 운다 탐진강이 밤마다 통곡한다

억불산 봉화대에서 피워 올린 불
광주로 전주로 서울로 타올라 간다
어느 산기슭에선가 노랫소리 들리고
노랫소리 육자배기가 되고, 울부짖음이 되고,
파랑새 노래가 되고, 함성이 되어
봉화를 따라 온 나라로 번져 가는 것 보인다

장흥, 걷고 또 걸어야 할 역사의 땅이다

* 꺼포리 타훗데: 이른 봄의 서릿바람 부는 밤하늘을 말함. 한승원 소
설 『겨울잠, 봄꿈』에서 인용.

십일월
—너덜겅 편지 15

이파리들이 툭툭 떨어지는 무돌길이다

하늘을 향한 참나무 우듬지들의 서걱거림을 본다

뼛조각 하나라도 만져 볼까 주검들을 찾아

더듬는 흙의 손길 위로 억울한 주검들이 겹친다

대구 시월의 주검들, 제주 사월의 주검들

광주 오월의 주검들, 진도 맹골수도의 주검들

이 땅에 흩어져 있는 헤아릴 수 없는 주검들

행불자 유족들에게는 자연이 아름답다고 말할 수 없다

돌아와야 할 사람들이 아직 돌아오지 못한 산하

유족들은 평생 산정山頂에 오르지 못하고 산기슭을 헤맨다

>
그 억울한 주검들은 다 어디로 갔을까

산속 길마저 지워 버리며 수북이 쌓여 있는 이파리들

늦가을 무돌길에는 서걱거리는 슬픔 가득하다

헐벗은 나무들이 숲을 이끌고 간다

경북 영주 소백산 자락길의 첫 자락
죽계구곡, 초암사, 달밭골 가는 길이다
달을 가꾸어 뽑는 세상에서 가장
아름다운 달빛을 바라볼 수 있는 곳
역사 속 이름 없는 돌이 된 사람들을 본다
죽어야 살 수 있다는 자연의 냉정한 철칙
나무에 함께 깃든 삶과 죽음의 과정
죽어 비로소 햇빛을 보고야 마는
생명의 마지막 끈을 놓지 못하는 것들
기어이 물속에 뿌리를 내리고 다시
비상의 힘을 얻어 하늘로 향한다
시치미 뚝 떼고 낮에 뜬 반달 내게 묻는다
달밭골 어둠 속에서 연대했던 사람들 안부
바람은 계산하지 않고 극복하는 것이다
어두운 밤일수록 누군가 깨어 있어야 한다
온전히 헐벗은 나무들이 숲을 이끌고 간다

안개는 의문을 품게 하는 성질이 있다

안개가 자욱하다 출근길에서 만나는 사람들이 희미하게 압축되어 있다 노란색 학원 차를 기다리던 아빠와 딸은 보이지 않고 그 자리에 종종걸음으로 아들의 손목을 재촉하는 모자가 보인다 검은색 양복 상의를 입은 안경 쓴 중년 남자는 오늘도 씩씩한 걸음으로 생의 곤궁困窮을 향해 걷는다 아동 보호구역에 설치된 몇 개의 과속방지턱을 넘어 M 고등학교 입구에 도착하면 겨울 복장을 한 남녀 학생들이 이어폰을 끼고 걷거나 휴대폰을 들여다보며 노랗게 물든 대학 입시의 파고波高를 넘고 있다 입동의 가로수들 저 홀로 야위어 간다 안개는 의문을 품게 하는 성질이 있다 맨땅에 온몸 던진 길 위의 노동자들, 3개월째 원하는 증거를 찾지 못해 광란하는 아수라 검찰들, 자신의 뒷모습은 타인들만 볼 수 있다 한번 흘러간 물은 되돌아오지 못한다 다만 흘러갈 뿐이다 안개는 신문 기사의 숨은 배면背面에 진실이 있다고 진술하고 있다 역사는 기억할 것이다 안개 속에 차들이 운다 의문이 수많은 치욕들을 깔고 달려간다

다시 촛불이다

거금도 적대봉 가기로 한 아침이다
늦게 잠든 새벽을 깨워 산책을 한다
또록또록한 별들의 눈망울들
발소리에 수런거리는 억새들
태풍 '하기비스'의 영향으로
세찬 바람이 정신을 번쩍 들게 한다
웅크리고 앉아 어두운 바다를 바라본다
멀리서 깜박이는 다른 색깔의 불빛들
주말마다 서초동을 밝힌 촛불들 떠오른다
'적폐 청산' 그렇게 외쳤는데 저항하는
기득권의 카르텔이 전쟁을 불사하는
종교나 이데올로기보다 공고하구나
그래 이제 또 시작이다 다시 촛불이다
자작나무처럼 속이 단단하여 썩지 않고
병들지 않는 그런 세상이 오면 좋겠다
파도는 밤새 머리맡에서 뒤척였는데
곤하게 잠들었구나 부끄러운 영혼이여
역사가 그래 왔듯 이 또한 지나가리라
그래 이제 시작이다 다시 촛불이다

단단하게 무장한 껍질도 때가 되면 속이
드러나 진실의 알맹이 보이기 마련이다

민변이 다녀갔다

1

쓴소리는 역사 발전의 원동력이라는
민변*이 가을바람처럼 다녀갔다
광주에 있을 때는 자주 만났는데
그가 서울로 떠나고 참으로 오랜만에
코로나 광풍 속에서 우리는 만났다

없던 술맛도 돌게 하는 화순산 농부의 아들
그와 더불어 고시 공부를 한 박인규
평생 영어만 가르치다 퇴직한 강양구
한적한 '아도' 식당에는 우리들 소리뿐
고교 시절의 두꺼운 추억이 소환되고

2학년 4반에서 벌어진 일 얘기하다
모범생인 임 모 원장이 이유도 없이
무수히 맞았다는 이야기에 울컥하고
비정규직 교사는 그 시절에도 있었구나
몇 차례 술잔이 돌고 우리는 취해 갔다

2

어느 투명한 저녁 그의 말이 허공에 울려 퍼진다
정도를 걷는 사람이 대접받은 사회가 돼야 한다
길을 잘못 들었다고 알았으면 바로 되돌아서야 한다

나랏일에 대해 '그게 나랑 무슨 상관이야'라고
말하는 순간 그 나라는 끝장난 것이다
분노할 일에 분노할 줄 아는 시민이 되자

분노하자 정의롭지 못한 일에 압박을 가하자
불의한 시대의 증언자 역사의 기록자가 되자

3

촛불은 느리게 탑니다
소리도 없습니다
제 몸을 불살라 어둠을 밝힙니다
그의 둥지인 법조계를 한 뼘만큼
밝은 땅으로 만들기 위해 오늘도
파닥이는 불꽃의 가장자리를

그는 묵묵히 들여다보고 있습니다

* 민변: 민경한(1958~) 변호사. 『쓴 소리 바른 소리』『민 변호사의 조용한 외침』『동굴 속에 갇힌 법조인』의 저자. 민변에서 활동한 그를 부르는 친구들의 애칭.

동백꽃 피고 지네

동백꽃 피고 지네 돌담 위에, 계곡물 위에, 산 그림자 사이에, 홀로, 두서넛이, 여럿이, 글씨로, 그림으로, 별별 형상으로 피고 지는 동백꽃 만덕산 자락 장삼이사들의 모습이네 지천으로 피고 지는 동백꽃 들여다보니 몽골의 침입에 붉은 항전을 표방한 백련결사란 말이 가슴에 와닿네 실천적 수행이 없는 절은 백성들의 지지를 받을 수 없네 그대를 닮은 동백꽃 내음 마음속에 스미네 동백꽃 붉은 마음에 통일의 꿈 담아 가 공부방 서랍에 넣어 두고 싶네 생각날 때마다 서랍을 열고 그대 향기 꺼내 마시고 싶네 백련사 가는 길, 가는 빗방울 내리더니 여름 장맛비처럼 굵어지네 통일을 염원하던 늦봄의 울음이 비가 되어 내리네 백련사 빗속에 잠기네 동백꽃 또 피고 지네

신발 끈을 다시 묶으며

벼랑 끝에서 새해를 맞습니다
지금 세계가 코로나로 칠흑처럼 어둡고
길 잃은 희망들이 숨이 죽어 가도
세상을 밝히는 촛불 하나 살아 있다면
우리는 아직 끝나지 않은 것입니다

무서운 전염병이 한번 지나가면
나라가 세상이 통째로 흔들립니다
인류 스스로의 원죄 때문에 생긴 것이라도
이제 용서받고 싶습니다 더 이상
죄를 짓지 말고 서로 사랑해야 합니다

당신의 지친 어깨 너머로 해가 뜹니다
남들이 앉아 있을 때 걸었고
그들이 걸으면 당신은 뛰었습니다
나라가 흔들릴 때마다 저마다 의병이 되어
촛불을 들고일어나 지켜 온 나라입니다

새해에는 힘들고 고통받은 이들이
일어설 수 있도록 도와주어야 합니다

아픈 아이들과 노인들이 돌봄을 받고
모두 사람이 중심이 되어야 합니다

새해에는 잃어버린 일상도 되찾고
마스크 없이도 거리를 거닐 수 있는 날들
죽음을 뚫고 찾아올 봄날을 기다립니다
어떤 시련이 와도 신발 끈을 다시 묶으며
그대로 주저앉지 않으리라 다짐합니다

2021년은 신축년 하얀 소의 해입니다
느릿느릿 걸어도 황소걸음처럼
더딜지라도 인내하고 노력하면
새해에 태어날 소망이 소중이가
살아갈 생은 기적이고 신비이며 희망입니다

천둥처럼 올 그날을 기다리며
―채광석 시인 천장식에서

시대를 온몸으로 살다 간 사람 하나 있었다
우리는 그를 시인, 문학평론가,
출판, 통일, 민중운동가로 부른다
문학은 민중적 삶의 토대에서 출발해야 한다던
그가 세상을 떠난 건 6월 항쟁이 끝나 갈 무렵인
1987년 7월 12일 불의의 교통사고였다
서른아홉 번째 생일을 맞은 지 하루 만에
불꽃 같은 삶을 마감한 시인 채광석
당시 그의 주머니에는 동전 150원이 있었다
나이 마흔이 다 되도록 방 한 칸 마련하지 못한

누군가 비워 두고 떠난 오월 무덤가에 가서
사흘간 잠자고 돌아오겠다던 사람은
지금까지 돌아오지 않고 있다
그 사람 채광석이 아니라 큰사람 채광석 시인
그의 문학 생활은 5년 남짓밖에 되지 않았으나
그가 남긴 것은 어느 문학인보다 넓고 크다

서울대를 네 번이나 제적당하면서
네 번째 복학 허가를 끝내 거부한 시인

허위보다 진실을 찾아 나선 사람
아침 이슬처럼 아름다운 영혼의 시인
경기도 양평 자하연 팔당공원묘역에 묻혀 있다
안면도 푸른 솔 금강송 같은 사내 비를 맞으며
그토록 그리워한 무등의 품 오월 영령 곁으로
33년 만에 운정동 광주 5 · 18 국립묘지로 왔다

한 사람이 온다는 것은 실로 어마어마한 일
그 사람의 과거와 현재 그의 미래가 함께 오는 것*
그 사람의 모든 정신과 못다 이룬 꿈까지 오는 것
그 어딘가의 구비에서 우리가 만났듯이**
평생 문학의 동지인 김남주 시인과도 만나고
그대를 흠모하는 수많은 문학의 도반들도 만나
충남 태안군 안면읍 그대의 시비에 새겨진
「기다림」처럼 통일이 올 그날을 기다리자
백두산과 한라산이 춤추고 평양과 서울의
남녀노소가 부둥켜안고 만세 부를 천둥처럼 올 그날을

* 정현종 시 「방문객」 중에서 일부 변용.
** 채광석 시 「그 어딘가의 구비에서 우리가 만났듯이」.

정산定散의 시학, 돌덩어리와 징검다리 사이

김수이(문학평론가)

　의사, 시인, 여행자. 김완의 삶과 시는 이 세 가지 정체
성의 트라이앵글 구조로 이루어져 있다. 이 중 김완이 어떤
정체성을 선호하는지, 어떤 역할에서 가장 일체감을 느끼
는지는 알기 어렵다. 그러나 세 역할의 공통점을 통해 김완
이 추구하는 바가 무엇인지는 확인할 수 있다. 그것은 고통
과 치유의 여정으로 요약되는 인간 존재와 삶에 대한 깊이
있는 탐구다. 유한한 생명체로서 인간이 고통과 죽음을 겪
는 존재가 아니라면, 의사도 시인도 여행자도 생겨나지 않
았을 것이다. 여행자를 중심으로 말하면, 많은 고대 설화에
서 주인공의 여행은 사랑하는 사람을 고통과 죽음에서 구할
약을 찾으러 떠나는 구명求命의 길이었다. 그 역할을 전문

의사가 대신하는 지금, 현대의 여행자는 길을 가면서 누구도 대신할 수 없는 자기 내면의 상처를 치유하고 삶의 힘으로 전환한다. 현대의 여행자는 길 위에서 자신을 치료하고 조율하는 의사이자 시인이 되는 셈이다. 의사, 시인, 여행자는 현대인의 건강하고 행복한 삶을 위한 부차적 정체성들인데, 김완은 이를 비유의 차원이 아닌 실제 생활의 차원에서 전면적으로 살아 내고 있다.

네 번째 시집에서 김완은 그간 쌓아 온 의사, 시인, 여행자의 트라이앵글 구조를 유지하면서 서정의 농도와 서사(역사)의 밀도를 함께 높여 간다. 광주에서 살아온 김완은 5·18 광주민주화운동을 비롯해 한국의 비극적인 역사와 그 역사를 통해 계승해야 할 정신에 대해 뜨겁게 노래해 왔다. 후술하겠지만, 이번 시집에서도 김완의 역사의식과 현실 인식은 현재진행형으로 날카롭게 작동하고 있다. 김완은 사적인 감흥을 주로 다루는 서정을 서사/역사와 함께 배치한다. 이 둘은 김완 시의 두 줄기를 형성하고 있는데, 양자가 대체로 나뉘어 형상화되는 것은 모순이라기보다는 인간 존재의 복잡성에 따른 자연스러운 결과로 볼 수 있다. 역사의식과 현실 인식에 투철한 사람도 언제나 거대 역사와 공동체의 현실만을 바라볼 수는 없다. 한 인간의 삶에는 다양한 측면과 차원이 공존한다. 탁월하고 감동적인 시편들이 주로 서정시의 얼굴을 하고 있는 것은 시의 아이러니이지만, 이 아이러니는 인간 존재의 본질을 그대로 반영하는 거울인지도 모른다.

녹동항 식당에서 사라진 우리들의

은유와 상징은 누구에게 갔을까

섬에 가면 섬을 볼 수 없다는 말,

왜 그 말을 우리는 두려워하는가

섬의 뼛속까지 내려가 살면 되지

아침저녁 들고 날 때의 풍경은 다른 법

피지 못한 꽃, 물에 잠긴 어린 영혼들

볼 수 없는 바닷속에는 어린 별들이 산다

—「바닷속에는 별들이 산다」(『바닷속에는 별들이 산다』,

천년의시작, 2018) 부분

　　세 번째 시집의 표제작이기도 한 이 시는 이번 시집의 향
방을 미리 알려 주는 이정표로 읽힌다. 이 시에서 김완은
"녹동항 식당에서 사라진" 지난 삶에 대한 상실감을 "아침
저녁 들고 날 때의 풍경은 다른 법"이라는 삶의 섭리에 대한
수긍으로 바꾸고, 인위적 이미지인 "은유와 상징"을 "뼛속
까지 내려가" 사는 실제 행위로 변화시키고자 한다. 사라진
시간과 사물과 풍경들, "피지 못한 꽃, 물에 잠긴 어린 영
혼들"을 포함한 죽은/죽어 가는 존재들에 대한 애틋한 연민
은 김완 자신의 운명을 향한 것이기도 하여서, 이 시는 애련
에 젖는 서정적 주체를 오롯이 유지하는 가운데 삶의 새로
운 길을 온 힘을 다해 만들어 낸다. 그 길은 "뼛속까지 내려
가 살"고, "볼 수 없는 바닷속"을 믿고 상상하며 삶의 끝을
향해 의연히 걸어가는 길이다. 마음의 눈으로만 볼 수 있는

"어린 별"을 만나러 가는 이 길은 시가, 어쩌면 시(문학)만이 환하고 시린 등불이 되어 밝혀 주는 아름다운 길일 것이다. 김완은 새 시집에 실린, 자신의 시론詩論에 해당하는 다음의 시에서 이렇게 쓴다.

> 백 일 동안 불타오르는 저 붉고 숨찬 인연들
> 노래가 없는 다음 생은 상상할 수 없네
> 그 붉은 문장들로 길 없는 길을 노래할 수 있다면
> 내 핏빛 노래, 작은 우주가 될 수 있다면
> ─「내 핏빛 노래, 작은 우주가 될 수 있다면」부분

이제 김완은 삶에서 죽음 혹은 다음 생에 이르는 "길 없는 길"에 놓인 '다리'를 자신의 내부에서 발견한다. 발견했다기보다는 만들었다는 것이 더 정확한 표현인데, 이 다리는 '내'가 "가슴속에 품은 돌덩이"를 "하나씩 내려놓"을 때 생겨나는 다리, 즉 내가 '다짐'의 이름으로 "스스로에게 놓은 징검다리"를 해체할 때 만들어지는 다리인 까닭이다. 전 우주에 단 하나뿐인 이 다리는 '나' 자신을 내려놓을 때 만나는 존재의 다리이고, 성스러운 '하늘'과 통해 있는 무애無㝵의 다리이며, "곧고 외로운 자신만의 길"에 놓인 오직 1인용의 인생 다리이다.

> 다짐은 스스로에게 놓은 징검다리 같은 것

다짐이 희미해질 즈음 가슴속에 품은 돌덩이

하나씩 내려놓고 딛고 가는 게 인생인지 모른다

놓은 돌들이 하늘로 날아 올라가고 되돌아온다

걷고 또 걸어 도착한 곧고 외로운 자신만의 길

거짓말처럼 생은 한순간 사라져 버릴지도 모른다
                              —「징검다리」 부분

　"가슴속에 품은 돌덩이"를 하나씩 내려놓으면, 그 돌덩
이들이 내가 딛고 갈 삶의 징검다리가 된다는 것. 들고 있
으면 돌덩어리이지만, 내려놓으면 징검다리가 되는 놀라운
전환. 김완이 분명 쓰라린 경험들을 통해 깨우쳤을 이 진실
은 독자에게 묵직한 위안과 용기를 전해 준다. 가슴속에 품
은 돌덩이란, '나'의 삶과 존재를 압박하고 있는 모든 것을
의미한다. 다짐, 욕망, 망상, 책임, 생계, 고통, 상처, 노
화 등 생로병사의 괴로움이 압축된 가슴속 돌멩이들은, 그
저 내려놓는 '단순한' 행위를 통해 막힘에서 열림, 무거움에
서 가벼움, 하강에서 비상의 징검다리로 변한다. 즉 삶의
징검다리는 돌덩어리를 위로 쌓고 더하는 '유有'의 방식이
아닌, 아래로 내려놓고 비우는 '무無'와 '공空'의 방식을 통
해 생성된다. 김완은 삶의 무게를 덜어 낸 이 홀가분한 순

간을, "놓은 돌들이 하늘로 날아 올라가고 되돌아온다"라는 시적 진실로 빚어낸다. 의학이 시학으로 넘어가고, 의사가 시인이 되는 것은 아마 이 지점일 것이다. 물론 두 영역은 경계 없이 출렁이며 서로 넘나든다. 그사이 의사도 시인도, 인간은 누구나 저마다의 유일한 삶의 여행자라는 보편적인 사실에 도착한다.

김완은 시간을 살아 내는 존재들을 기린다. 시간 속에서 성장하고 스러지는 존재들은 그 시간만큼의 내공內工과 또 그만큼의 상처와 훼손의 내공來攻, 속이 텅 빈 내공內空 등을 두루 갖게 된다. 이번 시집에서 시간의 압도적인 힘과 내공(內工/來攻/內空)의 존재들을 노래한 시들은 적잖은 비중을 차지하고 있는데, 주로 자연의 풍경을 삶의 비유나 존재의 알레고리로 형상화하는 특징을 보인다. 시「직립의 사랑법」("태어나 지금까지 견뎌 온 긴 세월/ 나무의 울음이 등을 통해 전해 온다"), 「시간 여행」("생애를 지워 버리려는 시간이었으나/ 시간으로 오히려 생은 드러나고 있다"), 「뿌리의 힘」("오랜 세월을 이겨 낸 뿌리"는 "이듬해에 나올 잎들에게 역사를 이어 준다"), 「중봉中峰을 오르며」("선친先親이 살았던 시간 너머/ 나는 어디쯤 가고 있는 걸까"), 「엄지발톱이 나오다」("세상에서 깨어지고 조각난 어떤 상처도/ 시간을 견디면 재생의 힘이 생긴다고/ 더디지만 희망은 이렇게 되살아나는 것이라고") 등이 그 예들이다.

이에 비해, 시「정산」은 일상에서 겪은 일을 바탕으로 시간을 견디는 방법을 궁구한다. 나와 타자, 개인사와 역사, 자연과 인간을 넘나들며 '시간의 윤리'를 탐색하는 이 시는 김완이 지닌 삶의 자세와 시적 지향, 여행자로서의 진면목을 선명히 보여 준다. 앞서 살펴본 시 「징검다리」의 산문적 버전이라고도 할 수 있다.

　　행사가 끝났다 정산이 중요하다고 다들 아우성이다 한 시대 한 시절 한 사람의 생을 정말 정산할 수 있을까 그 시간들을 되돌려 들여다보면 나의 정산은 늘 마이너스이다 불온한 감정이 스미어 잠 못 드는 새벽녘, 살면서 도대체 나의 소유물이 어디 있다는 말인가 세상일에 가벼워지기를 꿈꾸자 사람의 일은 계산할 수 없다 시간을 견딜 만하게 만들자 그래, 정산定算이 아니라 정산定散인지도 모른다 여름 산의 점령군인 칡넝쿨처럼 경계 없이 살지 않기를, 외롭지만 차라리 홀로 가리라고 중얼거린다 높은 문화의 힘을 운운하며 자위하곤 하지만 박제된 화석이 되기는 싫다 시간이 시간을 지우는 방식으로는 지혜의 길에 도달할 수는 없다 재 속에 숨어 있는 불씨처럼 나를 끝끝내 따라다니는 지긋지긋한 그 위선을 버리기로 하자 모든 중요한 것들은 길 위에 있다 여행을 떠나야겠다

　　　　　　　　　　　　　　　　　　　—「정산」 전문

　　김완은 행사가 끝난 후의 '정산定算'을 모티브로 하여, "한 시대 한 시절 한 사람의 생"을 정산하는 일의 불가능성을 말하면서 "늘 마이너스"인 "나의 정산"을 시의 초점에 올려놓는다. 이 과정에서 '정밀한 계산'을 뜻하는 정산定算은 동음

이의어인 '정산定散'으로 슬며시 바뀌는데, 뜻이 전혀 다른 두 단어의 의미는 뜻밖에도 호환되기에 이른다. "살면서 도대체 나의 소유물이 어디 있"으며 "사람의 일은 계산할 수 없다"고 생각하는 시인에게 '정산定算'이란, 지나온 삶이 "늘 마이너스"임을 들여다보며 "세상일에 가벼워지"는 것 외에 달리 있을 수 없다. '마이너스'는 김완의 '삶의 정산定算'의 유일한 셈법이자 결과인 것이다. 이를 불교의 가르침으로 설명하면 대략 이런 뜻이 된다. 아무것도 가질 수 없고 계산할 수도 없는 삶에서 '나'의 것이 본래 없음을 알고, 존재의 유일한 처소인 '지금 여기'에 온전히 머무르면서 가볍게 흩어지는 것. 이 순간, 삶의 정산定算은 곧 삶의 정산定散이 된다. 항상 한곳에 머물러 있는 마음(선정禪定)과 잠시도 머물러 있지 않은 마음(산란散亂)을 아우르는 말인 '정산定散'은, 김완이 추구하는 삶과 시의 자세를 하나로 집약한 단어라고 할 수 있다. 그러나 정산定散의 경지를 접하고 열망한다 해도, 삶의 고통과 번민은 인간이 살아 있는 한 계속된다. 김완은 오직 지금뿐인 삶의 "시간을 견딜 만하게 만들"기 위해, "재 속에 숨어 있는 불씨처럼 나를 끝끝내 따라다니는 지긋지긋한 그 위선을 버리기" 위해 다시 길을 가기로 한다. "모든 중요한 것들은 길 위에 있다 여행을 떠나야겠다". 이 여행이 수행修行을 겸한다는 것을 짐작하기는 어렵지 않다.

십이월의 선암사가 온전히 비에 잠긴다 선암매 분분분
날리던 담장길도 오래된 기와에도 여행자의 낯선 시간과 생

이 스며들어 함께 젖는다 한순간의 깨우침을 바라지 마라
끊임없이 두드리지 않은 자에게는 푸른 새벽 열리지 않는다
　　　　　　　　　　　　　　　—「십이월의 선암사」 부분

　덜어 내고 비우기 위한 여행에서 김완은 만나는 것들마다
그 속에 자신을 산포하고자(버리고자) 한다. "선암매 분분분
날리던 담장길도 오래된 기와에도 여행자의 낯선 시간과 생
이 스며들어 함께 젖는" 방식이 그것이다. 만물을 자기 안에
흡수하기보다는, 자신이 만물에 스며들고자 하는 여행자(수
행자) 김완은 한편으로는 자연의 길을 따라가고, 또 한편으
로는 인간과 역사의 길을 따라간다. 이 두 길은 따로 나 있
으면서도 종종 하나로 겹쳐지고 다시 나뉘기를 반복한다.
예컨대, 김완은 생사일여生死一如의 자연의 법을 현시하는
"죽어서 사는 숲"에서 "멈출 줄 모르는 인간의 욕망들, 수상
한 말들"을 탄식하고(「칠월」), 또 한쪽에서는 숲에서 "역사 속
이름 없는 돌이 된 사람들을 보"면서 "온전히 헐벗은 나무
들이 숲을 이끌고" 가는 자연사와 인간사의 공통 이치를 배
운다(「헐벗은 나무들이 숲을 이끌고 간다」). 더불어, "이 땅에 흩어
져 있는 헤아릴 수 없는 주검들"을 생각하며 "행불자 유족
들에게는 자연이 아름답다고 말할 수 없다"(「십일월」)라는 아
픈 현실 또한 직시한다.
　김완은 이름 없는 뭇사람들의 가파르지만 따뜻했던 삶의
흔적을 부지런히 찾아다니며 기록한다. "호박값도 우리네
인생사와 닮"은 시골 장터(「창평장」), "녹색 함성이 시끌벅적

했을/ 폐교"(『관매초등학교』), 살던 사람들이 떠나고 번지수도 사라진 도시의 "퇴출당한 빈집" 등에서 "알 수 없는/ 사람들의 인생"을 떠올리며 "그들을 둘러싼/ 시대의 이야기를 오래 기억하고 싶"(『따뜻한 그늘』)어 하는 것이다. 자본주의의 폭격으로 무너지고 있는 농촌과 지역 도시는 인간(성)과 삶의 온기가 사라지는 비극적인 현장들이다. 파행적인 근현대사를 현재형으로 다시 쓰는 김완의 시 작업은 거대 역사가 '나'와 주변 사람들의 미시적 일상과 하나로 연결되어 있음을 확인하는 일이기도 하다. 이번 시집에서 김완이 다루는 역사적 사건들은 그 이름만을 열거하기에도 벅찬 감이 있는데, 그중 몇을 추려 보면 다음과 같다. 장흥 갑오동학농민혁명(『봄눈』), 한국전쟁(『붉은 해변』), 제주 4·3 항쟁(『다랑쉬오름을 오르며』), 5·18 광주민주화운동(『애벌레처럼 웅크리고 울고 있었네』) 백남기 농민의 생애를 통해 본 2015년 11월 14일의 민중총궐기대회와 민주화운동의 역사(『아스팔트 위에 뿌린 씨앗』), 굴뚝 위 노동자들의 고공 단식투쟁(『비명』), 비판적 시선으로 본 최근 한국의 정치 상황과 사회 현실(『민변이 다녀갔다』「시인들의 술상』), 다시 희망으로 타개해야 할 코로나19 팬데믹(『신발 끈을 다시 묶으며』) 등.

역사를 노래하는 김완의 시들 중 압권은, "음악으로 세상을 바꿔 해방된 조국으로 돌아오길 꿈꾸던 20살 청년 정율성!"을 노래한 시 「정율성」에서 발견된다.

1914년 광주 양림동 출생. 노래를 기억하는 것은 그 기억을 통해 결코 잊혀서는 안 될 역사를 지키고 보듬어야 하기 때문이다. 음악으로 세상을 바꿔 해방된 조국으로 돌아오길 꿈꾸던 20살 청년 정율성! 과연 노래로 나라를 되찾을 수 있을까? 노래는 기억 투쟁의 가장 효과적인 무기가 될 수 있을까? 물속에 녹아 있는 소금처럼 우리 자신을 잃어버리고 있으면 안 된다.

…(중략)…

이념 너머, 전쟁의 한쪽에선, 이런 풍경이 있었다. 정율성은 그들에게 그런 존재였다. '음악이 나의 무기다'라는 그는 중국의 국립묘지인 북경 팔보산 혁명열사릉에 묻혀 있다. 중국 현대음악과 중국 혁명음악의 큰 별, 그의 노래도 영생불멸할 것이다. 우리가 함께 부를 노래가 있다는 것은 우리가 어떤 역사를 함께 공유하고 있다는 의미이다. 노래를 잊지 않는 한 그 역사 또한 사라지지 않는다. 음악으로 세상을 바꾼 그는 노래 속에 살아 있다.

—「정율성」 부분

일제강점기 음악가이자 항일운동가인 정율성은 노래로 세상을 바꾸고 민족의 심장을 되살린 혁명가다. 중국 현대음악사에도 큰 자취를 남긴 정율성의 삶에서 예술과 정치는 하나였고, 노래를 무기로 한 그의 "기억 투쟁"은 곧 빼앗긴 조국을 되찾는 독립 투쟁이었다. 그러나 정율성의 행적을 기억하는 일이 또 하나의 "기억 투쟁"이 된 지금, 후손인 우리는 자신이 서 있는 자리가 어디인지 부끄러운 마음으로 돌아보지 않을 수 없다. "우리가 함께 부를 노래"는 지금 어디에 있는가. "노래를 잊지 않는 한 그 역사 또한 사라지지 않는다. 음악으로 세상을 바꾼 그는 노래 속에 살아 있다". 이 시의 마지막 대목은 정율성이 음악(예술)으로 이룩한 세상과 역사에 대한 축복으로도 읽히지만, 그를 잊은 우리 세대가 열어 가야 할 미래에 대한 간절한 소망으로도 읽힌다. 다르게 말하면, "속절없는 시절을 이기고 살아남을/ 지상의 시간 우직하게 건너가"(「낯선 새벽」)는 일은 언제나 지금 여기에서 '나'의 실천을 요구한다.

여행자 김완이 다시 돌아와 마주하는 것은 현실의 반복되는 생활이다. 가령, 의사인 그는 개원한 후 점심을 대부분 혼자 먹을 수밖에 없는데, '청화반점'에서 먹는 5,000원짜리 간짜장이 단골 메뉴 중의 하나다(「어떤 봄날」). 김완은 병을 고치는 의사이지만, 다른 모든 사람들처럼 때로 병을 앓는 환자이며, 동료 의사가 코로나19에 감염되어 사망한 일에 충격과 슬픔을 금할 수 없는, 무엇보다 한 사람의 취약한 인간이다. 의사 역시 피할 수 없는 질병의 고통과, 설명할 수 없는 인간의 운명 앞에서 김완은 시(예술)의 무능과 가능성을 동시에 마주한다.

폐를 찍은 흉부 X-선을 정밀하게 들여다본다 오랫동안 나를 괴롭히는 기침의 근원을 찾아 왼쪽 폐 상엽의 음

영을 확대한다 인간과 사물의 음영을 본다는 점이 시와 유
사하다 하지만 의학에는 은유가 없다 말이 되지 못한 것들
의 뼈, 잿빛 가래 알갱이가 돌이 되기까지 폐에 갇혀 있던
시간들, 질식 직전의 순간 숨이 끊어질 듯 막무가내로 터
져 나오는 기침은 말의 죽음에 저항하는 마지막 아우성인
지 모른다 언제쯤 거침없는 심호흡 마음껏 해 볼 수 있을까
편견 없이 살기 위해서, 살리지 못한 말들을 위해서 최소량
의 말(言)이 필요하다

—「기침에 대한 명상 2」부분

    경상북도 경산시에서 코로나19 환자를 진료하다 자신도
감염돼 경북대병원에서 치료를 받다 3일 오전 사망한 고 허
영구 원장(허영구 내과 의원, 60), 삼가 고인의 명복을 빈다
우리는 오늘 무엇을 하고 있는가 무엇을 위해 사는가 새삼
우리의 삶을 되돌아본다 코로나19가 우리 인류에게 들려주
는 메시지는 더불어 사는 삶의 깊이이다 친구를 위해 병원
빌딩 한 면 전체에 '사람들에게 위안을 줄 수 있고, 마음을
따뜻하게 할 수 있는 시'를 걸자고 한 건물주 친구의 말, 위
기 사회일수록 디스토피아가 아닌 유토피아를 꿈꾸자

—「일상 2」부분

    시 「기침에 대한 명상 2」에서 "오랫동안 나를 괴롭히는 기
침의 근원을 찾아" "폐를 찍은 흉부 X-선을 정밀하게 들여
다"보던 의사 김완은, "인간과 사물의 음영을 본다는 점이

시와 유사하다 하지만 의학에는 은유가 없다"라는 사실을 정시正視한다. 인간의 몸과 질병을 은유화하는 것이 시라면, 인간의 몸과 질병을 실물實物 그대로 받아들이고 맞서는 것이 의학이다. "질식 직전의 순간 숨이 끊어질 듯 막무가내로 터져 나오는 기침"은 이렇게 언어(시)로 표현되는 순간, 실제의 기침에 대해 2차적인 것이 된다. 그러나 김완은 시와 의학의 위계가 아닌, 시와 의학의 고유한 역할을 말하고자 한다. 시와 의학은 인간의 고통을 다루는 공통점을 갖고 있지만, 의학이 감당하는 실물 몸의 영역을 벗어난 곳에서 시는 의학의 역할을 이어받는다. 김완이 극심한 기침을 "말의 죽음에 저항하는 마지막 아우성"이라고 은유화하면서, "살리지 못한 말들을 위해서 최소량의 말(言)이 필요하다"라고 매듭짓는 것은 이를 반영한다. 시 「일상 2」에는 이 '최소량의 말'의 가슴 아픈 예가 실려 있다. 코로나19 환자를 진료하다 감염되어 사망한 "친구를 위해 병원 빌딩 한 면 전체에 '사람들에게 위안을 줄 수 있고, 마음을 따뜻하게 할 수 있는 시'를 걸자고 한 건물주 친구의 말"이 그것이다.

이제 우리는 김완의 시 세계를 설명하는 문장 하나를 갖게 되었다. 김완에게 시란 '살리지 못한 말 = 몸들을 위한 최소량의 말'이며, 그의 시 쓰기는 생명을 지닌 존재와 그의 삶에서 우러나고 누락된 '최소량의 말'을 듣고 기록하는 일이다. "듣는 이 없는 자들의 비명 누군가 귀담아듣자 비명은 말이 되어 들리기 시작한다"(「비명」). 이 말에서 우리가 확인하는 것은, 의사와 시인이 직업이나 역할이기 전에 한 인간이 갖추어야 할 윤리적 덕목이라는 사실이다. 김완이 비극적인 역사와 동시대의 잊힌 미미한 목소리들을 끊임없이 듣고 시화하는 이유도 여기에 있다. "세상은 달아날 수 없는 곳", "자신을 달래며 견딜 수 없을 때까지// 존재할 수밖에 없는 곳"이지만, 아직 "태어나지 않은 말들을 기다리며// 견딜 수 없는 세계에 기대"(「지상의 말들」) 계속 나아가야 한다고 김완은 자신과 타인들을 독려한다. 이 '시적 재탄생'의 길은 "외롭지만 서슬 푸른 영혼이 되리라"(「혼자 먹는 밥」)라는 김완의 개인적인 성장을 위한 것이자, 감염병과 기후 재난을 비롯한 총체적 위기에 시달리는 우리 시대와 인류의 거듭남을 위한 것이기도 하다. 같은 맥락에서 김완이 쓴, 직설(의학)과 은유(시)를 아우르는 여행자의 말을 인용하자면 이러하다. "문은 스스로 열고 나갈 수 있어야 문이다"(「문門의 상대성」).